U0074892

尼尼要坐噗噗巴士！

圖 原愛美　文 Keropons　譯 米雅

尼尼和小桃子

一起玩的時候，突然……

噗噗——！

來了一輛巴士……

大草
原

「我放學了！」

有一位小朋友下車。

「啊！是小栗子！」

「小栗子？」

「是我姐姐啦！」

「小桃子，這個禮物給你。」

「謝謝！」

「哇啊……
好羨慕！」

「我下次要坐噗噗巴士，
和小栗子一起去
大草原幼兒園唷！」
「噗噗巴士……？」

大草原幼兒園
大草原幼兒園

那天晚上，

尼尼說：「尼尼也要

坐噗噗巴士！」

「噗噗巴士？」

「啊！你是在說

大草原幼兒園的

噗噗巴士，是吧？

好唷，尼尼就和小桃子

一起坐車吧！」

「明天嗎？

還是明天的明天？」

「沒那麼快啦！」

「什麼時候坐巴士？明天嗎？

還是明天的明天？」

「還沒喔……」

「我今天就要坐巴士！
現在就要！」

「呵呵呵！

那我們今天去找

噗噗巴士，好嗎？」

「嗯！」

「在哪裡？

在哪裡？

噗噗巴士呢？」

大草原幼兒園

「啊！在那裡！」

「這裡就是大草原幼兒園唷！」

「哇啊！幼兒園好大！」

「看起來好好玩！」

「等尼尼

再長大一點，

就坐噗噗巴士

去上學！」

「嗯ふ！」

「是小栗子！」

「啊，尼尼！

你們在散步嗎？」

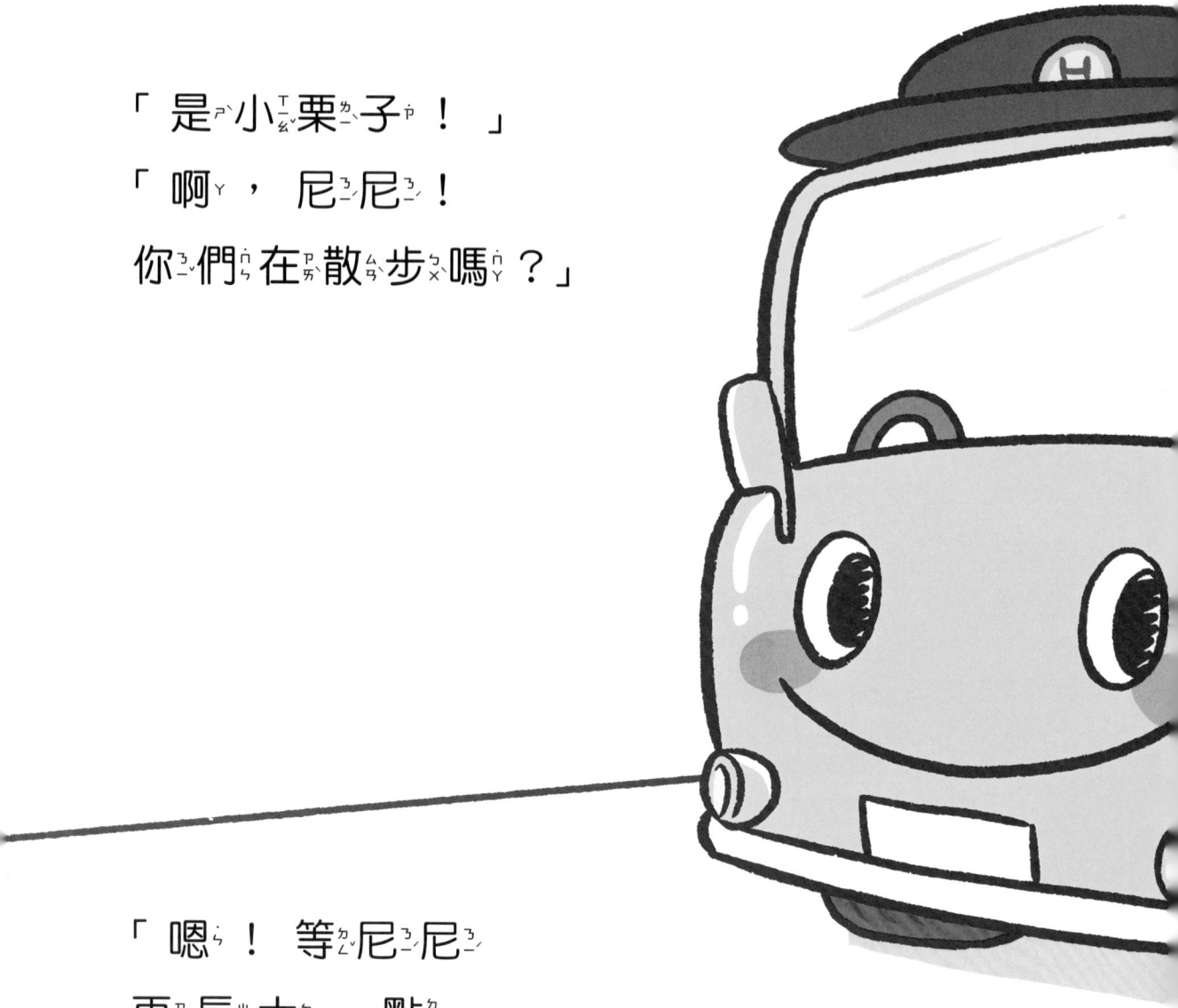

「嗯！等尼尼

再長大一點，

也要坐噗噗巴士唷！」

「耶！到時候我們一起坐巴士！」

「往大草原幼兒園的旅客，
請上車！」

「搭乘噗噗巴士GO！GO！GO！

要去大草原幼兒園嘍！」

本 0359

尼尼要坐噗噗巴士！

｜原愛美　文｜ Keropons　譯｜米雅

任編輯｜ 張佑旭　美術設計｜ 蕭華　行銷企劃｜ 張家綺
下雜誌群創辦人｜ 殷允芃　董事長兼執行長｜ 何琦瑜

體暨產品事業群
經理｜ 游玉雪　副總經理｜ 林彥傑
編輯｜ 林欣靜　行銷總監｜林育菁
總監｜ 蔡忠琦　版權主任｜何晨瑋、黃微真
版者｜ 親子天下股份有限公司　地址｜台北市 104 建國北路一段 96 號 4 樓
話｜（02）2509-2800　傳真｜（02）2509-2462　網址｜ www.parenting.com.tw
者服務專線｜（02）2662-0332　週一～週五：09:00～17:30
真｜ (02)2662-6048　客服信箱｜ parenting@service.cw.com.tw
律顧問｜台英國際商務法律事務所．羅明通律師
版印刷｜中原造像股份有限公司
經銷｜大和圖書有限公司　電話｜ (02)8990-2588

版日期｜ 2024 年 5 月第一版第一次印行
價｜ 300 元　書號｜ BKKP0359P　ISBN ｜ 978-626-305-788-3 (精裝)

購服務 ----------
子天下 Shopping ｜ shopping.parenting.com.tw
外．大量訂購｜ parenting@cw.com.tw
香花園｜台北市建國北路二段 6 巷 11 號　電話｜ (02)2506-1635
撥帳號｜ 50331356 親子天下股份有限公司

立即購買 >
親子天下 Shopping
有聲故事書

ONI NO KO NIKO CHAN BURUN BURUN BASUDE IKUNDAMON!
Illustrations copyright ©2022 AIMI HARA
Text copyright ©2022 KEROPONS
All rights reserved.
First published in Japan in 2022 by Poplar Publishing Co., Ltd.
Traditional Chinese translation rights arranged with Poplar Publishing Co., Ltd.
through Future View Technology Ltd., Taiwan
Traditional Chinese translation rights ©2024 by CommonWealth Education Media and Publishing Co., Ltd.

圖　原愛美

插畫家、藝術總監。
從人物設計至廣告界，創作跨足多領域。
以自家孩子兩歲時的模樣當參考，設計出寫實、惹人憐愛的小尼尼形象。

文　Keropons

增田裕子（Kero）和平田明子（Pon）所組成的音樂團體。為孩子量身訂作合適的歌詞、歌曲，並為之編舞。除了親子演唱會之外，也在幼教人員相關講座中進行演出。此外，亦發表繪本作品。

翻譯　米雅

插畫家、日文童書譯者，畢業於政大東語系日文組，大阪教育大學教育學碩士。代表作有：《比利 FUN 學巴士成長套書》（三民）、《小鱷魚家族：多多和神奇泡泡糖》（小熊）等。更多訊息都在「米雅散步道」FB 專頁及部落格。

國家圖書館出版品預行編目 (CIP) 資料

尼尼要坐噗噗巴士！/ 原愛美圖 ; Keropons 文 ; 米雅譯 . -- 第一版 . --
臺北市 : 親子天下股份有限公司 , 2024.05
40 面 ;20*19 公分 . -- (繪本 ; 359)
國語注音
ISBN 978-626-305-788-3(精裝)
1.SHTB: 生活體驗 --0-3 歲幼兒讀物

861.599　　113003738